LE SIEGE DE MAESTRIK PAR LE ROY.

AV fond d'une mer pacifique,
Que les vents n'agitent jamais,
Le Dieu Neptune à son Palais
Aussi riche que magnifique
Ouvrage des Tritons, dont le sçavant travail
D'ambre, de sable d'or, de perles, de corail
Forma ce superbe edifice;
Et qui, pour égaler leur Prince à Iupiter;
Par un admirable artifice,
Firent un second Ciel au milieu de la Mer.

Là, ce Dieu, dont les eaux sont le fatal partage,
Tient pour l'ordinaire sa cour,
Et c'est dans ce charmant sejour
Que les Dieux ses sujets viennent luy rendre hommage.
Tous ces fleuves fameux dans l'Vnivers éparts
S'assemblent là de toutes parts:
Le Flux jusqu'à leur lict par honneur les va prendre,
Et le Reflux les introduit
Aux respects qu'ils doivent luy rendre
Vne fois châque jour, une fois châque nuict.

Cet hommage à Thetys se rend par les Deesses,
Comme à Neptune par les Dieux,
Et, si de ces honneurs ils sont jalous tous deux,
Les Fleuves leurs Sujets le sont de leurs caresses.
La Meuse estoit absente, & Tethys remarquoit
Depuis un mois qu'elle manquoit
A ces devoirs, dont nul ne se dispense,
Elle s'en plaint au Rhin, & le Rhin à son tour,
Ne pouvant l'excuser d'une si longue absence,
Se plaint aussi de son manque d'amour.

L'éclat, qu'en fit la Deesse irritée,
Se répandit bien-tost en cent endroits divers,
Et, jusqu'au tribunal de l'Arbitre des Mers,
Sa plainte fut enfin portée;
Déja son Conseil assemblé
Examinoit l'affaire, & le Rhin tout troublé
Ne pouvoit plus défendre son amante,
Lors qu'on la vid tout d'un coup s'avancer
D'une maniere surprenante,
Et que proche du thrône elle se vint placer.

Loin de paroistre en accusée,
Son chef estoit entouré de lauriers,
Son port estoit pompeux, ses regards estoient fiers,
Son visage serain, sa contenance aysée.
Tethys d'abord, à son aspect,
Crut qu'elle manquoit de respect,
Et l'on en vid ses yeux enflammés de colere;
Mais, lors que son couroux estoit prés d'éclater,
Neptune fist parler la Meuse la premiere,
Et la pria de l'écouter.

LE SIEGE DE MAESTRIK PAR LE ROY,

PRESENTÉ A SA MAJESTÉ

Par le Sieur DE LA CHEZE, Doyen du Chapitre de Sillé.

Suite des Entretiens du Rhin & de la Meuse, sur les Triomphes de ce grand Monarque.

A PARIS,
Chez FANÇOIS MUGUET, Imprimeur du Roy & de M. l'Archevesque, ruë de la Harpe.

MDCLXXIV.

AVEC PERMISSION.

Vous ne pouvés (Divinités augustes)
Dit-elle, en se parant de tout son aggréement,
Me condamner, pour un retardement,
Duquel j'ay des causes si justes;
Par le Roy le plus grand qui soit dans l'Univers
Ie viens de voir brizer mes fers:
LOVIS a mis MAESTRIK au nombre de ses Villes:
Mais, Dieux, par quels exploits! tels que d'étonnement
On a veu demeurer mes ondes immobiles,
Et que j'en suis encor dans le ravissement.

Cette Ville se void à la France attachée,
Ayant esté battuë & prise en moins d'un mois,
Que dis-je? treize jours l'ont reduite aux abbois
Depuis qu'on ouvrit la tranchée.
La Meuse là se tût, & Neptune surpris,
D'un œil tout étonné, regarde alors Tethys,
Dont le couroux cedant à l'humeur curieuse
Est cause que, par l'ordre enfin de tous les deux,
Pour avoir sa grace, la Meuse
Fait ainsi le détail de ce Siege fameux.

LOVIS avoit mis en campagne
Avec un appareil digne d'un si grand Roy,
Et portant en tous lieux la terreur & l'effroy
Il avoit fait trembler l'une & l'autre Allemagne,
Gan se crut pris, &, quand de toutes parts
Bruxelles de François vid ceindre ses remparts,
On y medita de se rendre,
Tous les Postes voisins prenoient mesme party;
Quand MAESTRIK, dont la peur sembloit lors se suspendre,
Tout d'un coup se trouve investy.

Les Escadrons ferment tous les passages,
Les lieux avantageux sont par eux occupés,
Par des fossés profonds les chemins sont coupés,
De tous costés l'on travaille aux ouvrages,
L'Infanterie arrive châque jour;
Enfin le Roy vient à son tour,
L'air retentit de cris de joye,
Le triomphe toûjours suit ses faits glorieux,
Et, dans son Camp, c'est assés qu'on le voye
Pour s'asseurer d'estre victorieux.

D'abord ce Monarque visite
Les Postes qu'on a pris, les travaux qu'on a faits,
Il les fait reformer, & veut que le succés
De tous ses grands desseins se doive à sa conduite,
Au Bivoüac il passe la nuit,
Et ses soldats, que luy-mesme conduit,
Ne trouvent rien qui les rebute.
Il semble avoir perdu l'usage du sommeil,
Il se fait voir par tout, & luy-mesme execute
Ce qu'il resout luy-mesme estant tout son conseil.

Ce Prince grand jusques dans ses paroles,
Dont les termes precis touchent si vivement,
Pour exciter les siens à faire vaillamment,
Ne leur fait point de harangues frivoles.
Il dit ces mots, qui sont l'ame de leurs exploits,
Souvenés-vous Soldats, que vous estes François,
Et que je suis à vôtre teste:
Chacun se les redit, pour les mieux retenir,
Il n'est point de victoire, il n'est point de conqueste
Où chacun ne pretende à ce seul souvenir.

Fariau de son côté n'oublie aucune chose,
Glorieux dans son cœur d'oser luy resister,
Car, contre un Conquerant si fort à redouter,
Quoy qu'il puisse arriver, c'est beaucoup quand on l'ose.
Il void les Magasins, il visite les Forts,
Fait des retranchements, fait miner les dehors;
Et, pour obliger mieux les siens à se défendre,
Il les fait souvenir qu'avec mille guerriers
MAESTRIK plus foible alors contre un autre Alexandre
A tenu quatre mois entiers.

Il leur dit que Farnese a dans cette entreprise
Consommé trente jours à prendre un Ravelin,
Et qu'apres deux assauts il ne se vid enfin
Le maistre de MAESTRIK que par une surprise
Qu'il se flatte à ce point de ne ceder en rien
A ce genereux Bastien,
A qui ce Siege acquit une gloire immortelle,
Qu'ils sont six fois plus forts qu'il n'a jamais esté,
Et que, si quelqu'un manque ou de cœur ou de zele,
Il faut qu'il craigne tout de sa severité.

Alexandre de Farnese Duc de Parme, qui commandoit pour l'Espagne.

Le Capitaine Bastien François, qui estoit Gouverneur de Maestrik pour les Holandois.

Aux menaces il joint l'espoir des recompenses,
De la part des Estats, de la part de son Roy;
Et, comme on sçait qu'il n'a cet important employ
Que par un choix qu'en ont fait ces Puissances,
Qu'on est persuadé de sa rare valeur.
Son nom mesme, son nom leur parle en sa faveur:
Déja certaine ardeur dans leurs yeux se remarque;
Mais ce qui parle contre, & qui les reffroidit;
C'est qu'il faut soûtenir les efforts d'un Monarque,
Contre qui tout espoir fut toûjours interdit,

Déja la tranchée eſt ouverte ;
Et les François brûlants de marquer leur valeur
Font veoir deſſus leur front une guerriere ardeur,
Où d'abord l'ennemy ſemble lire ſa perte,
Le Holandois en vain à ce noble couroux
Oppoſe une greſle de coups ;
Sa reſiſtance eſt inutile,
Et dans ſon ame il void, dés ces premiers combats,
Que c'eſt perdre le temps de défendre la Ville
Contre un tel General, contre de tels Soldats.

Tout eſt preſt pour la batre, on ne fait plus qu'atendre
L'ordre du grand LOVIS, que l'on va veoir dans peu
Par cinquante bouches de feu
La faire ſommer de ſe rendre,
Ce foudre affreux, qui paroiſt imiter
Le foudre du grand Iupiter,
Cet artificiel tonnerre
Ces feux, qui décochent des dards,
Les canons l'ame de la guerre
Grondent enfin, de toutes parts.

On void ceder d'abord à cette artillerie
Les canons de la Ville, & pour premier ſuccés
Ces feux avecque leurs boulets
Demontent une batterie :
Vous diriés que le Ciel les conduit à deſſein
D'arracher à MAESTRIK les armes de la main,
Comme s'il luy vouloit apprendre,
Que, contre ces Heros qu'il fait pour tout dompter,
Le party qu'il approuve & le meilleur à prendre
Eſt de ne leur pas reſiſter.

Déja jusqu'au glacis on a poussé l'ouvrage,
Et déja les François paroissent s'ennuyer
De ce qu'un travail regulier
Semble borner l'ardeur de leur courage;
Ainsi, dés qu'ils ont l'ordre & qu'ils se voyent permis
D'aller à découvert pousser les Ennemis,
Et dans la contrescarpe, & dans la demy-lune;
Avec tant de fierté l'on les y void courir,
Que l'on void bien que tous n'ont qu'une fin commune,
Et qu'ils vont vaincre ou bien qu'ils vont mourir.

Par mon Canal en deux la Ville se partage,
Sur l'un de mes bords est Maestrik,
Et ce que l'on appelle Vvick
Fait l'ornement de mon autre rivage.
L'Illustre d'Orleans, qui fait son capital
De suivre tous les pas d'un frere sans égal,
Pendant que ce grand Roy des Princes le modelle
Du costé de Maestrik s'avançoit chaque jour,
Du costé de Vvik plein de zelle
Avançoit le Siege à son tour.

Pour cacher ses desseins le grand LOVIS ordonne,
L'attaque en trois lieux differents,
Et, par son ordre en mesme temps,
Par tous ces trois endroits l'on donne,
D'Orleans ce Prince fameux,
Fait une fausse attaque, & son bras genereux
Pousse avec tant d'ardeur cette feinte entreprise,
Que, si pour vaincre il s'estoit apresté,
Vvick auroit changé, par sa prise,
La feinte en une verité.

Mommouth, ce jeune Mars l'honneur de l'Angleterre,
Du costé de MAESTRIK, par ses premiers exploits,
Fait veoir avec éclat qu'il est du sang des Rois,
Et qu'il prend des leçons du plus grand de la terre.
Si-tost qu'il entend le signal
De six coups de canon du quartier de Montal,
Et qu'il donne l'essor à son jeune courage;
Il affronte la mort avec tant de vigueur,
Que voyant les perils, ausquels l'honneur l'engage,
On peut douter s'il cherche ou la mort ou l'honneur.

On attaque à la droite, on y fait des miracles;
On combat à la gauche avec un cœur égal;
Et, si tout cede au Regiment Royal,
Le Regiment Dauphin surmonte cent obstacles.
Cette troupe de feu, que son grand Souverain
A pris plaisir d'élever de sa main,
Par tout, les braves Mousquetaires
Donnent, avec tant de chaleur,
Que ceux qui sont vaincus, dans ces attaques fieres,
Se consolent de l'estre avec tant de valeur.

La vigoureuse resistance,
Que fait, contre tant de vertu,
L'ennemy, qui jamais n'avoit mieux combatu,
Tient quelque temps la victoire en balance.
Mille funestes feux éclairent cette nuict,
Qu'une noire fumée aussi-tost obscurcit,
La parque, à tout moment, fait quelque belle proye;
Et tel void de sa vie icy le fil tranché,
Qui fier de ses exploits le verroit avec joye,
Sans qu'il craint que son sort par la nuict soit caché.

Tel tout froissé d'une grenade
Avec son sang sa belle ame a vomy,
Qui ne vivant plus qu'à demy
S'efforçoit d'arracher ençor la palissade.
Tel, apres cent beaux faits se void prés de la mort,
Qui faisant un dernier & vigoureux effort,
Rend le dernier soûpir sur l'ennemy qu'il tuë,
Et dans les ennemis tel, qui s'est emporté,
Poussant jusques au bout son ardeur invaincuë,
Meurt accablé du nombre, & jamais surmonté.

Les ennemis, malgré leur resistance,
Voyent, pendant le combat, la mort de toutes parts
Regner aussi dans leurs remparts,
Et le soldat François incessamment avance.
Leurs Chefs ont déja peine à calmer leur frayeur,
Celuy-cy s'est caché, l'autre plaint sont malheur,
L'autre fait l'intrepide, ayant l'ame glacée,
Et tel Chef parle aux siens du mépris du danger,
Que, par sa contenance & tremblante & forcée,
Il intimide au lieu d'encourager.

Pendant que la victoire est encore incertaine,
LOVIS, ce favory des Cieux
Fait tout mouvoir, & semble estre en tous lieux
D'une force d'esprit, qui paroist plus qu'humaine,
Il sçait ce qui se fait par tout, à tout moment;
On avance, on s'arreste, on attaque, on deffend,
On s'expose, on se couvre aux seuls ordres qu'il donne,
Et, des beaux faits des siens & l'ame, & le témoin,
Il se tient toûjours prest de marcher en personne
Pour les soûtenir au besoin.

La contrescarpe enfin trop long-temps disputée
Ne peut plus resister contre tant de valeur ;
On la presse toûjours avec la mesme ardeur,
On la force, elle est emportée,
Déja les Holandois sont icy surmontés,
Leur sang coule de tous costés,
L'un mourant des Estats condamne la conduite,
L'autre veut qu'on l'acheve, & se void méprisé,
L'autre, percé de coups rampe, se precipite,
Et trouve son tombeau dans le fond du fossé.

Cependant les François, que guide la fortune,
Qui seconde par tout leurs efforts genereux,
Sur des monceaux de morts gagnent le chemin creux,
Qui conduit à la demy-lune.
Le feu des ennemis, ny ces feux soûterrains
Que l'enfer inventa, pour perdre les humains,
Ne leur font point d'obstacle, & leur brillante épée
Malgré tout force tout, tout ploye, ou tout se rend,
La demy-lune mesme enfin est occupée,
Et sur sa gorge on fait un logement.

Le grand LOVIS, voyant que ses soins & ses veilles
Ont un effet si glorieux,
Eleve en ce moment les yeux.
Ciel (dit-il) je sçay bien d'où viennent ces merveilles ;
C'est vous, qui m'inspirés, & c'est vous, dont toûjours
Ie reconnois l'infaillible secours,
Au succés des desseins que vostre amour m'inspire ;
Mais vous faites pour vous ce qui se fait pour moy ;
Puisque je ne veux rien qu'étendre vostre Empire
Par tout où vous voudrés que je donne la Loy.

LOVIS prend du repos voyant que tout eſt calme,
Et le Soleil recommence ſon tour;
Luy, qui void tout, en nous donnant le jour,
Eſt jaloux que ſa Sœur ait produit cette palme;
Ie veux (dit-il) pour ces braves Guerriers
Faire croiſtre auſſi des Lauriers;
La Nuict n'aura point fait plus que moy pour leur gloire,
Et je feray bien veoir, dans un nouveau combat,
Qu'il faut que mon bel œil èclaire une victoire,
Afin qu'elle ait tout ſon éclat.

Fariau, qui connoiſt l'importance
De la perte de cette nuict,
Qui ſçait que cet exploit détruit
Ce qui luy reſtoit d'eſperance,
Employe, en ce preſſant malheur,
Toute ſa ruſe, & toute ſa valeur.
Allons (dit-il) ſoldats ſous de meilleurs auſpices,
Et délivrons MAESTRIK de la crainte des fers;
Si les Dieux ne nous ſont propices,
Ie ſuis toûjours certain du ſecours des enfers.

Il parle, &, choiſiſſant l'élite
Des Officiers & des Soldats,
Vers la porte il tourne ſes pas,
Et prend luy-meſme leur conduite.
Dans un char nebuleux le Soleil chaque jour
Faiſoit depuis long-temps ſon tour;
Mais ayant remarqué cette audace guerriere,
Qu'il ſçait devoir ceder au beau feu des François,
Il chaſſe les broüillarts, prend toute ſa lumiere,
Et s'avance au Midy pour mieux veoir leurs exploits.

Cependant leur grand Roy, de qui la vigilance
Bannit aussi-tost le sommeil,
Donne ordre, apres un prompt réveil,
A ce que peut prevoir la plus haute prudence;
Comme il sçait bien que l'ennemy batu
Doit, rassemblant un reste de vertu,
Faire un dernier effort dans cette conjoncture,
Il ordonne de tout, à tous évenements
A la tranchée, au camp, & prend à bon augure
Qu'avec joye on reçoit tous ses commandements.

Il sembloit que ce temps estoit un temps de treve,
Les François, en repos, faisoient leur logement;
Quand dans la demy-lune on void en un moment
La terre qui s'émeut, qui s'entre-ouvre, qui creve.
Un meslange funeste, autant qu'il est affreux,
De cailloux, de terre, & de feux,
D'hommes demy froissés, de corps déja sans vie,
De membres separés s'éleve dans les airs,
Avec une telle furie,
Qu'on void bien que ce coup est un coup des enfers.

Telle est du mont Gibel la fameuse fournaise,
Qui sert de soupirail à ces lieux tenebreux,
Quand, dans de certains temps, elle enfante des feux,
Et couvre tout de flames & de braise.
Par tout de feu liquide on ne void que ruisseaux:
Les Bergers sont brûlés avecque leurs troupeaux,
Des rochers enflammés tout autour se décochent,
Les voisins effrayés courent, où veut le sort,
Troublés, confus, errants, sans sçavoir s'ils s'approchent,
Ou s'ils s'éloignent de la mort.

De mesme, autour de cette mine,
On void que le soldat saisi d'étonnement,
Va, revient, & retourne avec empressement,
Sans sçavoir ou s'il cherche, ou s'il fuit sa ruïne.
L'enfer ayant tenté, mais inutilement
De luy glacer le cœur trouble son jugement :
Il croid ne veoir par tout qu'une terre enflammée,
Et, pour mieux l'empescher de discerner les lieux,
De souffre & de salpestre une époisse fumée
Obscurcit à la fois ses esprits & ses yeux.

C'est dans ce temps, qu'avecque sa cohorte,
Fariau, qui n'attendoit que cet evenement,
Fait attaquer ce Poste vivement,
Qu'on luy dispute encor, mais qu'enfin il emporte.
Fariau, la Holande, & l'Enfer
Crurent qu'ils alloient triompher;
Déja des Espagnols la bravade insolente
Fatiguoit l'air de cris audacieux,
La Ville répondoit, mais d'une voix tremblante,
Et crioit victoire comme eux.

D'estre encore de jour Mommouth a l'avantage,
La Feüillade devoit succeder cette nuict,
Mais ce brave Guerrier avance au premier bruit,
Toûjours prest quand il faut signaler son courage.
Verrons-nous (dit le Prince Anglois)
Perir ainsi le fruit de nos exploits;
Allons, mes Compagnons, allons à la victoire,
Ie vay donner l'exemple, & je ne doute pas
Que quiconque ayme icy la gloire
N'accompagne bien-tost mes pas.

Il dit ces mots, il court où la gloire l'invite,
Et se trouve aussi-tost suivy
D'un gros d'aventuriers, qui courent à l'envy
Pour se signaler à sa suite.
Deux autres grands guerriers, par deux autres endroits,
Vont marquer leur courage aussi par leurs exploits,
Artagnan digne Chef des braves Mousquetaires
S'écarte sur la droite, & le fameux vainqueur
Du Visir & des Janissaires
D'un autre costé donne avec mesme vigueur.

La vie icy paroist un bien que l'on méprise,
Et la mort n'a jamais esté
Bravée avec plus de fierté,
Qu'elle l'est dans cette entreprise.
L'ennemy fait pleuvoir les coups, de toutes parts,
Les grenades, de ses remparts
Tombent incessamment, & cependant ces braves
Vers ces feux, en plein jour, courent sans s'arrester
Comme s'il s'agissoit de punir des esclaves
Qui n'osassent leur resister.

Dans ce combat sanglant, Artagnan, ta vaillance
Te fait trouver un tombeau glorieux;
Mais ta mort, qui te fait encor des envieux,
Loin d'étonner les tiens les porte à la vengeance,
Chacun de plus en plus void croistre son ardeur:
Au soldat Holandois tant de vertu fait peur;
Il s'étonne, il se rompt, il s'enfuit vers la Ville;
Alors Fariau l'arreste, &, d'un ton menaçant,
Tournez vers l'ennemy c'est, dit-il, vostre azile
Et c'est icy que la mort vous attend.

Disant ces mots, avec ses plus fidelles
Le sabre en main il s'oppose aux fuyarts;
Eux, trouvant le danger égal de toutes parts,
Retournent essuyer des disgraces nouvelles.
Déja trois fois batus, & forcés par trois fois
D'aller combatre les François,
Voyant que leur effort est toûjours inutile,
Ils fuyent, & dans leur fuite agités de fureur,
Pour s'ouvrir un chemin du costé de la Ville,
Ils enfoncent leur Gouverneur.

Les Enfers irrités de veoir leur artifice
Iusques à present éludé,
Font un dernier effort, dont Fariau secondé
Commence d'esperer quelque sort plus propice;
Deux Mineurs experimentés,
Sont encor par eux suscités,
Gens qui, dans leurs cachots, ont fait apprentissage,
Pour ces sortes de cruautés,
Et que, pour employer à ce funeste usage,
Ils paroissent avoir eux-mesmes enfantés.

A perdre les François tout leur projet se borne,
Ils ont creusé la terre en mille & mille lieux;
Et dans son sein leur art pernicieux
Cache mille trépas dessous l'ouvrage à corne.
Ce Poste cependant est garny de soldats,
Mais Fariau s'attend moins à l'effort de leur bras
Qu'à l'effet éprouvé du salpestre & du souffre.
Il croid bien voir les siens vaincus par les François,
Mais il croid aussi voir, dans un horrible goufre,
Les vainqueurs engloutis avec tous leurs exploits.

La nuict avec ses sombres voiles
Cachoit tout l'éclat des couleurs,
N'ayant pas mesme pris à cause des vapeurs
Son manteau parsemé d'étoiles;
Lors que LOUIS voyant tout disposé
A ce qu'il s'estoit proposé,
Commande d'attaquer l'ouvrage,
Par deux endroits l'on donne, & de châque costé
On le bat, on le presse, avec mesme avantage,
On le force, il est emporté.

Ces Mineurs, ou plûtost ces enfans des furies,
D'une Redoute, où l'on les a placés,
Dans le moment qu'ils voyent les leurs forcés,
S'enfoncent dans leurs galleries.
Au milieu de leurs antres creux
Ils disposent leur poudre à recevoir les feux,
Qu'un funeste tison, une corde charmée,
Où le feu par compas coule insensiblement,
Une amorce mobile, une meche alumée
De leur noir magazin approche incessamment.

Dans une heure au plus tard cette meche fatale
Alloit dans leur cachots porter l'embrasement;
Lors que l'un des vainqueurs, poußé d'un mouvement
Qu'il croid venir d'enhaut, entre dans ce Dedale.
Le Ciel, parmy cent embaras,
Prenant le soin de conduire ses pas,
Dans l'obscurité, luy fait suivre
Les traces de ces enchanteurs,
Et, comme par la main, luy livre
Le plus expert de ces Mineurs.

Le François avec luy, dans ce goufre homicide,
Va reconnoistre les secrets
De tous ses funestes apprests,
L'ayant contraint de luy servir de guide.
Le compagnon de ses desseins pervers
Devient compagnon de ses fers,
Et la meche preste à produire
D'un coupable travail l'effet prodigieux
Se trouve, l'on l'éteint, le soldat se retire,
Et le peril est banny de ces lieux.

Ainsi, lors que le Ciel protege un Prince illustre,
Tout ce que contre luy machinent les Enfers,
Tout ce que trame l'Univers
Donne à son nom un nouveau lustre;
Ainsi LOVIS, qu'il a formé
Pour estre le plus renommé
De tous les Heros de la terre,
Quoy qu'on oppose à ce qu'il entreprend,
Fait connoistre à la fin que luy faire la guerre
C'est travailler encor à le rendre plus grand.

MAESTRIK va l'éprouver, MAESTRIK, que sa disgrace
Doit rendre heureux malgré tous ses efforts.
Apres avoir pris ses dehors,
L'on s'attache au corps de la Place,
Sans relâche on la bat, tout tremble, & l'habitant,
Qui sçait par tant d'exploits ce que peut l'Assiegeant,
Voyant ses murs que l'on foudroye,
N'attend plus que l'assaut, & croid, à tout moment,
Veoir sa Ville embrasée ainsi qu'un autre Troye,
Et chacun égorgé dans son appartement.

Surquoy veut-on (dit-il) que nostre espoir se fonde,
Nous serons à LOVIS aussi bien tost ou tard,
Et qui pourroit pour nous faire un destein à part,
Si le Ciel veut qu'il soit maistre du monde?
Du peuple à la milice a passé cet effroy,
Et l'on entend par tout. Allons aux pieds du Roy,
Si Fariau ne nous rend que la Ville le rende.
Fariau, qui sçait d'ailleurs qu'il ne peut eviter
D'estre bien-tost forcé s'accorde à leur demande,
Et vers le Roy va deputer.

Il n'est rien de si fier que LOVIS, quand l'audace
D'un ennemy superbe ose luy resister,
Il n'est rien de si doux, quand on se vient jetter
A ses pieds pour demander grace.
Iamais on n'a poussé plus loin des ennemis,
Ny jamais mieux, traité ceux qui se sont soûmis:
Tous ceux, qui de MAESTRIK viennent luy rendre hommage
L'éprouvent deux fois leur vainqueur,
Car, non content du premier avantage,
Apres leurs murs, il prend encor leur cœur.

On traite, &, sur l'une des portes
Brille aussi-tost l'Etendart des François,
Tout se dispose à recevoir leurs Loix,
Fariau sort avec ses cohortes;
Il s'avance au Camp, je le voy
Qui, comme son vainqueur, vient saluer le Roy;
Mais, loin que de son sort il marque de la honte,
Ie voy je ne sçay quoy de si fier dans ses yeux,
Qu'on diroit qu'à son Prince il vient pour rendre compte
De quelque exploit duquel il sort victorieux.

Grand Roy (dit-il) vostre victoire,
Des murs si peu de temps contre vous défendus,
Et tant de mes soldats perdus
Ne font point de tache à ma gloire :
Quand l'Univers sçaura comme j'ay combatu,
Qu'elle est vostre fortune, avec tant de vertu,
L'on dira seulement. Il cede aux destinées ;
Et tenir treize jours contre un Prince si grand,
C'est plus que tenir treize années
Contre tout autre Conquerant.

La Meuse icy finit, &, de tant de merveilles,
Si Neptune paroist charmé,
Tethys, dont le couroux est plus que desarmé,
Convient qu'elles sont sans pareilles.
Le Rhin, & plusieurs autres dieux,
Qui de LOVIS *ont vû les exploits glorieux,*
Pour faire aussi leur cour demandoient audience,
Mais Neptune voulant ménager son plaisir ;
Apres ce long discours, remet la Conference
Pour pouvoir les entendre avec plus de loisir.

FIN.

www.ingramcontent.com/pod-product-compliance
Ingram Content Group UK Ltd.
Pitfield, Milton Keynes, MK11 3LW, UK
UKHW021027220726
13924UKWH00001B/164